ISBN 978-2-7002-3555-5

L'école d'Agathe

Texte de Pakita
Images de J.-P. Chabot

Mathis et le marron magique

RAGEOT • ÉDITEUR

Vous connaissez Mathis ?

Il est très gentil mais il a un gros souci, il n'a pas **confiance** en lui, mais PAS DU TOUT !

Je vous explique. Par exemple, à la récré, si vous lui demandez :

– Mathis, on fait la course ?

Mathis ne répond pas :

– OK, d'accord !

Ou bien :

– Non, je n'ai pas envie de courir !

NOOoN! Mathis vous répond :

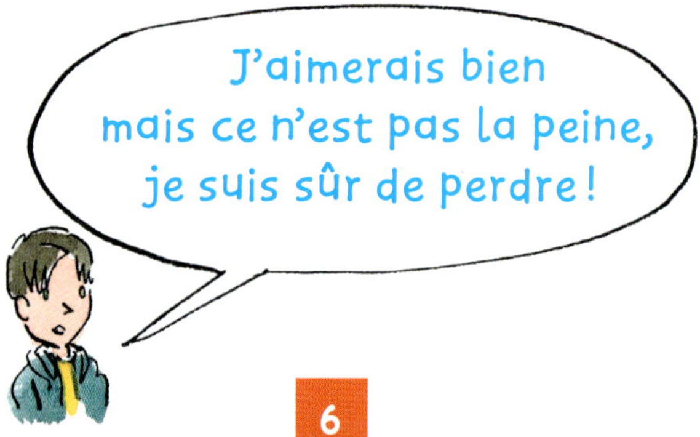

Un autre exemple. Si vous lui demandez :

– Mathis, chiche que t'es cap de te gratter l'oreille avec le pied ! (C'est facile, il faut juste penser à s'asseoir.)

Mathis ne répond pas :

– Chiche !

Ou bien :

– Bof ! Je n'ai pas envie de jouer au chiche que t'es cap.

NOOON ! Il vous répond :

Et en classe, c'est pareil ! Les cahiers de Mathis sont couverts de ratures. Dès qu'il écrit une réponse, Mathis pense qu'elle est fausse. Alors zou ! Il rature ! Il écrit une nouvelle réponse, pense encore qu'elle est fausse et zou ! Re-rature !

Même quand Mathis a trouvé la bonne réponse, il la barre !

Ce matin Mathis était aussi immobile qu'une statue devant le tableau tellement il avait peur de **se tromper.**

– Mathis, je ne sais plus quoi faire pour **t'aider** à avoir ***confiance*** en toi! a dit la maîtresse.

Alors j'ai vite cherché **une solution** pour Mathis mais... oups! Ce n'est pas parce qu'on a ***confiance*** en soi qu'on connaît toutes les réponses!

Alors j'ai décidé de donner rendez-vous à mes amis sous le tilleul. J'ai vraiment **confiance** en eux ! Je sais que si je leur confie un secret, ils ne le répéteront pas, et qu'ils sont toujours là quand j'ai **besoin** d'eux !

– Qui a des idées pour **aider** Mathis ? j'ai demandé.

– On peut lui faire répéter plein de fois « j'ai **confiance** en moi » ! a proposé Coralie.

– Ou lui dire qu'on est ses amis et que nous, on a **confiance** en lui ! s'est exclamé Théo.

– Ou lui poser plein de questions et l'obliger à donner une seule réponse ! a ajouté Audrey.

– On peut aussi inventer la machine à **confiance !** a déclaré Léonard. Code MAC 0307 sur mon cahier d'inventions.

Quand on est remontés en classe, on avait **mille solutions** mais on n'en avait pas parlé à Mathis. Dès qu'on s'est assis, la maîtresse a demandé :

– Qui vient au tableau réciter le poème ?

Et là, surprise de surprise ! Mathis a levé le doigt le premier et il a récité son poème entier **sans se tromper.**

Ça alors !

Et incroyable ! À la récré de la cantine, Mathis a joué au loup avec nous. D'habitude, quand c'est à son tour d'être le loup, il dit :

– Ça ne sert à rien que je sois le loup, je ne réussirai jamais à vous attraper, je suis trop lent !

Mais là, il s'est mis à courir en criant :

– Ouh ouh ouh ! Je suis le loup ! Attention ! J'arrive !

Waouh !

Mathis était complètement transformé !

L'après-midi, en gym, il a même fait une galipette sans dire « je vais la rater ».

– Bravo Mathis ! Mais que t'est-il arrivé ? s'est exclamé Jacques, le prof de sport.

– C'est vrai ça ! Qu'est-ce qui lui est arrivé ? m'a soufflé Audrey à l'oreille.

– Mystère… mystère ! j'ai répondu.

C'était génial ! Depuis ce matin, Mathis était devenu :

* **un loup qui courait vite et nous attrapait tous,**
* **un champion de galipettes,**
* **un bon élève qui récitait sa poésie sans se tromper.**

– Moi, je dis que Mathis a un secret ! s'est exclamé Nicolas le détective de la classe, il faut enquêter. Venez !

Mais au moment où on arrivait à côté de Mathis, on a vu son visage changer. De « très joyeux », il est passé à « complètement affolé ». Il cherchait partout autour de lui en disant :

– Mon trésor ! J'ai perdu mon trésor magique !

– Un trésor ! C'est ça le secret de Mathis ! s'est écrié Nicolas. Il a un trésor magique. Un trésor comment ? En or ?

On a demandé à Mathis :

– C'est quoi, ton trésor ?

– Une coupe en argent ?

– Une jambe de bois de pirate ?

– Une étoile de mer ?

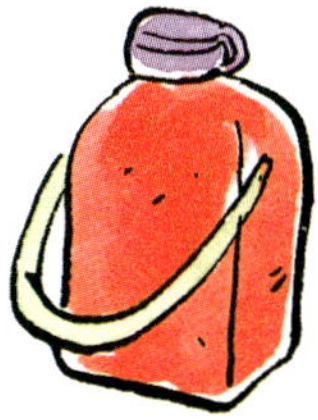

– Une gourde de grenadine ?

– Une poupée-sirène ?

– Une crevette télécommandée ?

– Un crococampe en plastique ?

– NOOOOON ! Mon trésor, c'est un marron ! a répondu Mathis.

– UN marron ? Facile ! j'ai dit. Il y en a plein dans la cour en ce moment.

– Mais mon marron est magique, il me donne confiance en moi ! nous a expliqué Mathis. Vous l'avez bien vu !

Oui, on avait vu. Alors on a couru dans tous les sens à la recherche du marron-donne-confiance de Mathis. Et à chaque fois qu'on en trouvait un, on le lui apportait.

– C'est celui-là ?

– Non.

– Et celui-là, c'est ton marron ?

– Non, ce n'est pas le bon !

C'était la fin de la récré. Personne n'avait trouvé le marron de Mathis et il était archi-triste.

– Un marron donne-confiance, ça existe vraiment ? a demandé Félix.

– Ce n'est pas le marron qui donne confiance à Mathis, a répondu Inès, mais ça **le rassure** de savoir qu'il est là, au fond de sa poche.

– Moi, quand j'ai des compétitions de poney, a dit Marie, j'emporte toujours avec moi le **foulard jaune** de ma maman. Ça **m'aide** pour gagner !

– Et moi, a dit Louise, quand on a emménagé ici, les premiers jours, je mettais **mon doudou** dans mon cartable. Cela me donnait du **courage** de savoir qu'il était tout près.

– C'est exactement comme moi ! a dit Mathis. Mon marron donne-confiance me **rassure.** Déjà, ce matin, quand je vous ai entendus chercher des **solutions** pour **m'aider,** ça m'a fait tout bizarre... euh... ça m'a donné confiance.

– Ben oui ! On est tes amis et on sait que tu peux **réussir !** a dit Tom.

Mathis a souri.

– Et puis j'ai vu ce marron. Je l'ai mis dans ma poche et quand je l'ai serré avec mes doigts, il m'a donné de **la force !**

– Pfffff ! Un marron qui donne de **la force,** n'importe quoi ! a dit Mathieu. Ce sont les muscles qui donnent de **la force...** Et d'ailleurs salut les mauviettes ! J'ai un rendez-vous spécial bagarre avec les CM1, moi !

Mathis n'a pas eu le temps de réagir car Louise est arrivée avec, dans sa paume ouverte, une énorme bogue qui pique.

– Tiens Mathis, c'est pour toi, un **marron géant** tout beau, tout neuf, même pas sorti de sa maison. C'est le cadeau de la classe pour te donner **confiance**, parce que nous, on t'aime beaucoup et on veut que tu te trouves formidable aussi !

Wouaouh ! Vous auriez vu la tête de Mathis ! Il était HYPER content ! Grâce à nous, il avait **confiance** en lui !

On rigolait tous ensemble quand soudain :

Tuuuuuuît !

Gros coup de sifflet. Monsieur Lecornu, le directeur, se dirigeait à grands pas vers Mathieu. Dans son regard, il y avait plein de flèches noires.

Driiiiing !

La sonnerie de fin de récré a retenti juste à ce moment-là.

– Le directeur t'a grondé ? a demandé Mathis à Mathieu en remontant en classe.

– Pire que ça ! Il m'a dit de venir dans son bureau tout à l'heure !

– OUILLE OUILLE OUILLE ! Il va te falloir du courage hein ?

– Mathis... euh... tu pourrais me prêter... euh... tu sais... ton marron, là...

Et Mathis a prêté son marron à Mathieu !

Oups ! Il est déjà tard !

Mais on est super contents pour Mathis ! Après avoir prêté son marron à Mathieu, il a quand même répondu à la maîtresse sans hésiter.

Et Mathieu ?

Eh bien, le marron ne l'a pas empêché d'être puni !

Allez bonne nuit, les amis !

Et vous, c'est quoi votre **trésor-donne-confiance ???**

L'auteur

Pakita aime tous les enfants ! Les petits, les gros, les grands, avec des yeux bleus, verts ou jaunes, avec la peau noire, rouge, orange, qui marchent ou qui roulent, et même ceux qui bêtisent !
Pour eux, elle se transforme en fée rousse à lunettes, elle joue, elle chante, elle écrit des histoires et des chansons pour les CD, les livres ou pour le dessin animé.

L'illustrateur

Jean-Philippe Chabot est né à Chartres en 1966. Avant d'entrer à l'école il dessinait déjà. À l'école, il dessinait encore. Puis il a choisi de faire des études de... dessin. Et maintenant, son travail c'est illustrer des albums et des romans.
Il est très heureux de dessiner tous les jours et parfois même la nuit mais toujours en musique.

L'école d'Agathe

1. Coucou, c'est moi Agathe !
2. Mathieu, le roi des bonbons
3. J'adore Zizette
4. Il est bizarre, Léonard
5. Audrey veut toujours commander
6. Paul, capitaine des pompiers
7. Coralie miss chichis
8. Il est rigolo, Théo
9. Emma ou Léa, qui est qui ?
10. Le super jeu de Zoé
11. La terrible semaine d'Alexandre
12. Aziz aime miss chichis
13. La nouvelle s'appelle Louise
14. La boîte à secrets de Kim
15. Tous avec Manon
16. Une surprise pour la maîtresse
17. Où est la dent de Laura ?
18. Le grand spectacle de Mamadou
19. Charlotte est encore en retard
20. Chloé adopte des escargots
21. Marion cherche des amis
22. Arthur, champion de kayak
23. Mamyvonne retourne en classe
24. Tom, le père Noël des animaux
25. Les deux anniversaires de Marine
26. Youpi ! Betty se marie
27. Guillaume super poète
28. Sauvons le poney de Marie !
29. Thomas est un vrai pirate
30. Camille voudrait être une star
31. Félix le génie des cabanes
32. Allergiques comme Clara !
33. Le mystère de la maîtresse
34. Mathilde et la fête des mères
35. Alice et son pigeon voyageur
36. Lucas le meilleur en tout
37. Yann et l'école de rêve
38. Pierre fait des farces
39. Nicolas mène l'enquête
40. Tout le monde joue avec Agathe
41. Lola Catastrophe
42. Vive le cirque de Hugo

L'école d'Agathe

Toute la série
L'école d'Agathe
sur www.rageot.fr

Achevé d'imprimer en France en juillet 2009
par I.M.E. – 25110 Baume-les-Dames
Dépôt légal : septembre 2009
N° d'édition : 4983 - 01